소중한 순간을
기억하는 나를 위한

3분
감정
일기

책은 때론 내가 갈수 없는 곳으로 나를 데려다 주곤 합니다.

말할 수 없는 고백을 하게하며

미처 관찰하지 못한 자신의 인생을 볼 수 있게 합니다

때론 아주 비밀스러운 나만의 감정을

나만의 언어로 적어 놓기도 하구요.

이 책이 그렇습니다.

문단 사이도 비어있고, 줄과 줄 사이도 비워 놓았습니다.

당신의 적어야 할 기억들에 대한 배려이기 때문입니다.

어떤 페이지를 펼쳐도 당신이 적어놓은 그 날의 감정의 기록들은

당신이 사랑하는 당신의 삶에 대한 표현인 것을

존중하기 때문입니다.

good date   .   good-bye date   .

1	2	3	4	5	6	7	8	9	10	11
12	13	14	15	16	17	18	19	⑳	21	22
23	24	25	26	27	28	29	30	31		

마지막으로 기록하여 남겨놓고 싶은
소중한 기억을 여기에
스티커로 붙여놓으세요.

sticker

— Record

기억하고 있고 싶지 않은 순간들을
정리하여 기록해 보세요.

짧게라도 적어 놓아야 합니다. 소중한 나의 순간들의
대한 이유이며 원인을 잊지 않을 수 있으니까요^^

소중한 내 감정의 motive

어디서	어떻게	왜

1   2   3   4   5   6   7   8   9   10   11
12   13   14   15   16   17   18   19   20   21   22
23   24   (25)   26   27   28   29   30   31

—— Record ——

sticker

스티커에 당신의 감정을 직접 그려
기억하는 것도 좋은 방법입니다.
그날의 기억을 잊지 않을 수 있기
때문이죠.

소중한 내 감정의 motive

어디서	어떻게	왜

1　2　3　4　5　6　7　8　9　10　11
12　13　14　15　16　17　18　19　20　21　22
23　24　25　26　27　28　29　30　31

sticker

─ Record ─

소중한 내 감정의 motive

어디서	어떻게	왜

충실한 내 감정의 motive

Record

JAN FEB MAR APR MAY JUN JUL AUG SEP OCT NOV DEC

1 2 3 4 5 6 7 8 9 10 11
12 13 14 15 16 17 18 19 20 21 22
23 24 25 26 27 28 29 30 31

sticker

JAN FEB MAR APR MAY JUN JUL AUG SEP OCT NOV DEC

1 2 3 4 5 6 7 8 9 10 11
12 13 14 15 16 17 18 19 20 21 22
23 24 25 26 27 28 29 30 31

sticker

— Record —

소중한 내 감정의 motive

어디서   어떻게   왜

JAN	FEB	MAR	APR	MAY	JUN	JUL	AUG	SEP	OCT	NOV	DEC

1   2   3   4   5   6   7   8   9   10 11

12 13 14 15 16 17 18 19 20 21 22

23 24 25 26 27 28 29 30 31

sticker

──── Record ────

소중한 내 감정의 motive

어디서	어떻게	왜

소중한 내 감정의 motive

아끼시	아플게	얼

Record

JAN FEB MAR APR MAY JUN JUL AUG SEP OCT NOV DEC

1 2 3 4 5 6 7 8 9 10 11
12 13 14 15 16 17 18 19 20 21 22
23 24 25 26 27 28 29 30 31

sticker

JAN	FEB	MAR	APR	MAY	JUN	JUL	AUG	SEP	OCT	NOV	DEC

1   2   3   4   5   6   7   8   9   10   11
12   13   14   15   16   17   18   19   20   21   22
23   24   25   26   27   28   29   30   31

sticker

—— Record ——————————————————————————————

소중한 내 감정의 motive

어디서	어떻게	왜

| JAN | FEB | MAR | APR | MAY | JUN | JUL | AUG | SEP | OCT | NOV | DEC |

1 2 3 4 5 6 7 8 9 10 11
12 13 14 15 16 17 18 19 20 21 22
23 24 25 26 27 28 29 30 31

sticker

— Record —

소중한 내 감정의 motive

| 어디서 | 어떻게 | 왜 |

1 2 3 4 5 6 7 8 9 10 11
12 13 14 15 16 17 18 19 20 21 22
23 24 25 26 27 28 29 30 31

sticker

— Record ——————————————————————

소중한 내 감정의 motive
————————————————————————————————

| 어디서 | 어떻게 | 왜 |

1   2   3   4   5   6   7   8   9   10   11
12   13   14   15   16   17   18   19   20   21   22
23   24   25   26   27   28   29   30   31

sticker

—— Record ——

소중한 내 감정의 motive

어디서	어떻게	왜

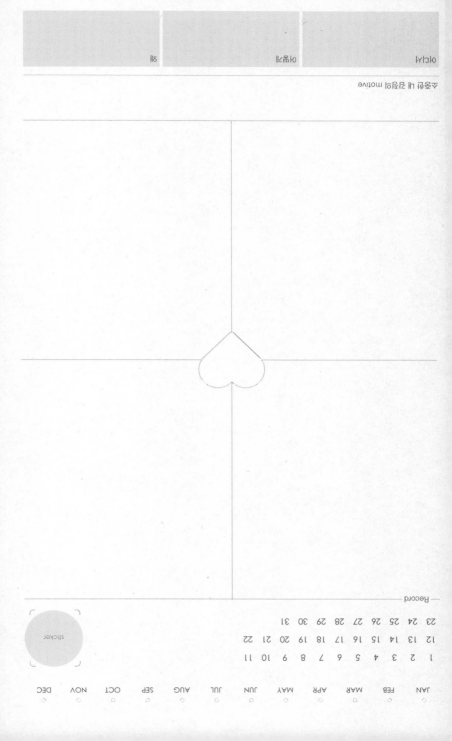

이야기   어울리기   깨

소중한 내 감정의 motive

Record

JAN FEB MAR APR MAY JUN JUL AUG SEP OCT NOV DEC

1 2 3 4 5 6 7 8 9 10 11
12 13 14 15 16 17 18 19 20 21 22
23 24 25 26 27 28 29 30 31

sticker

아버지 | 어머니 | 애

Record

sticker

| JAN | FEB | MAR | APR | MAY | JUN | JUL | AUG | SEP | OCT | NOV | DEC |

1 2 3 4 5 6 7 8 9 10 11
12 13 14 15 16 17 18 19 20 21 22
23 24 25 26 27 28 29 30 31

소중한 내 감정의 motive

Record

sticker

1	2	3	4	5	6	7	8	9	10	11
12	13	14	15	16	17	18	19	20	21	22
23	24	25	26	27	28	29	30	31

JAN ° FEB ° MAR ° APR ° MAY ° JUN ° JUL ° AUG ° SEP ° OCT ° NOV ° DEC °

1   2   3   4   5   6   7   8   9   10   11

12   13   14   15   16   17   18   19   20   21   22

23   24   25   26   27   28   29   30   31

sticker

—— Record ——

소중한 내 감정의 motive

어디서	어떻게	왜

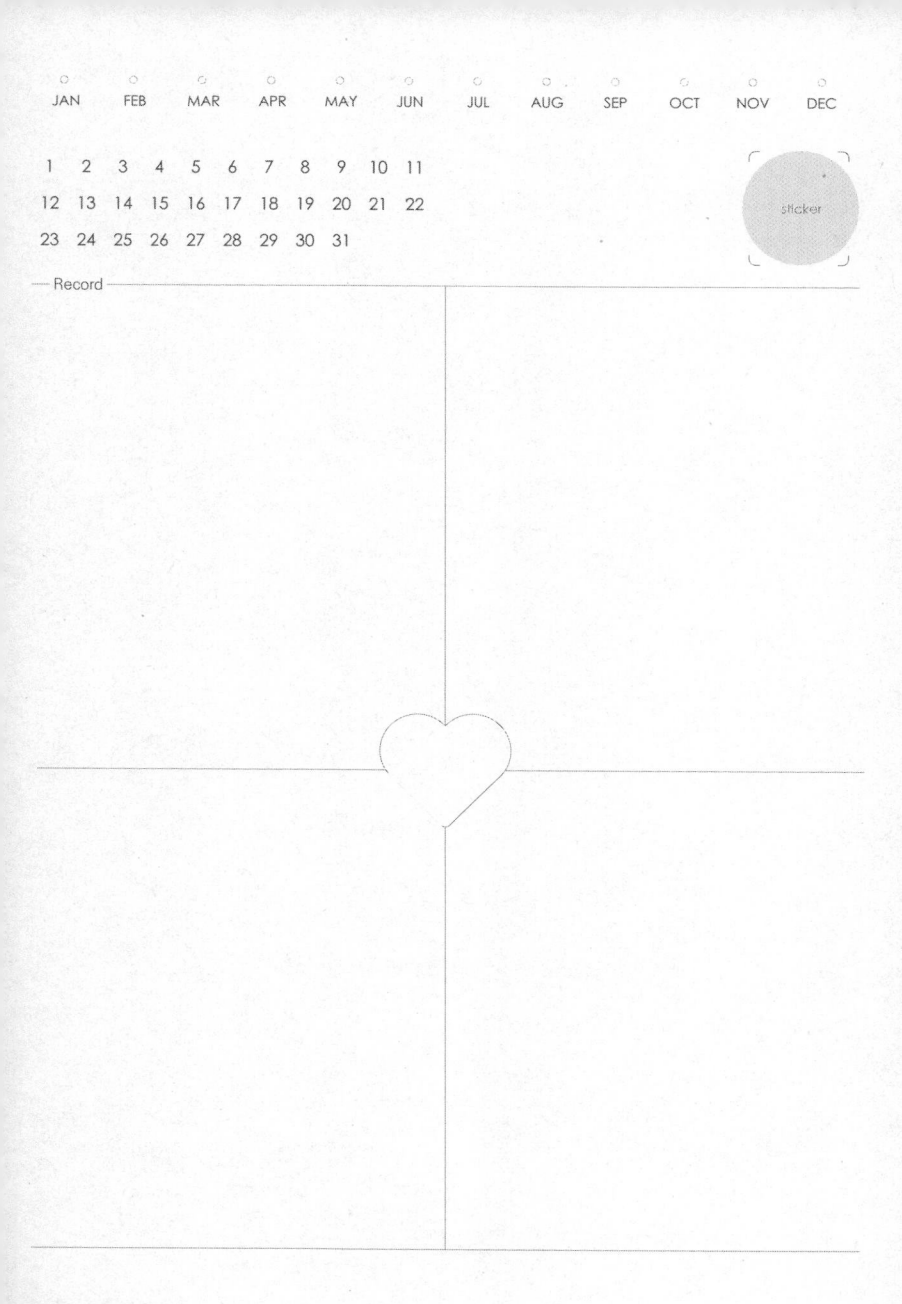

JAN   FEB   MAR   APR   MAY   JUN   JUL   AUG   SEP   OCT   NOV   DEC

1 2 3 4 5 6 7 8 9 10 11
12 13 14 15 16 17 18 19 20 21 22
23 24 25 26 27 28 29 30 31

sticker

—— Record ——————————

소중한 내 감정의 motive

어디서	어떻게	왜

| JAN | FEB | MAR | APR | MAY | JUN | JUL | AUG | SEP | OCT | NOV | DEC |

1 2 3 4 5 6 7 8 9 10 11
12 13 14 15 16 17 18 19 20 21 22
23 24 25 26 27 28 29 30 31

sticker

— Record

소중한 내 감정의 motive

| 어디서 | 어떻게 | 왜 |

| JAN | FEB | MAR | APR | MAY | JUN | JUL | AUG | SEP | OCT | NOV | DEC |

1 2 3 4 5 6 7 8 9 10 11
12 13 14 15 16 17 18 19 20 21 22
23 24 25 26 27 28 29 30 31

sticker

— Record —

소중한 내 감정의 motive

| 어디서 | 어떻게 | 왜 |

언제	어떻게	왜

Record

sticker

JAN	FEB	MAR	APR	MAY	JUN	JUL	AUG	SEP	OCT	NOV	DEC
○	○	○	○	○	○	○	○	○	○	○	○

1 2 3 4 5 6 7 8 9 10 11
12 13 14 15 16 17 18 19 20 21 22
23 24 25 26 27 28 29 30 31

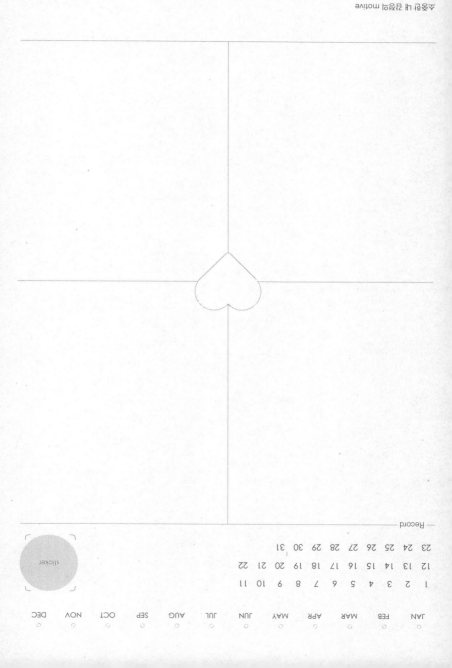

수집한 내 감정의 motive

이야기 | 아름기 | 예

Record

JAN FEB MAR APR MAY JUN JUL AUG SEP OCT NOV DEC

1 2 3 4 5 6 7 8 9 10 11
12 13 14 15 16 17 18 19 20 21 22
23 24 25 26 27 28 29 30 31

sticker

JAN FEB MAR APR MAY JUN JUL AUG SEP OCT NOV DEC

1 2 3 4 5 6 7 8 9 10 11
12 13 14 15 16 17 18 19 20 21 22
23 24 25 26 27 28 29 30 31

sticker

Record

수집한 내 감정의 motive

아니서	아쉽게	에

소중한 내 감정의 motive

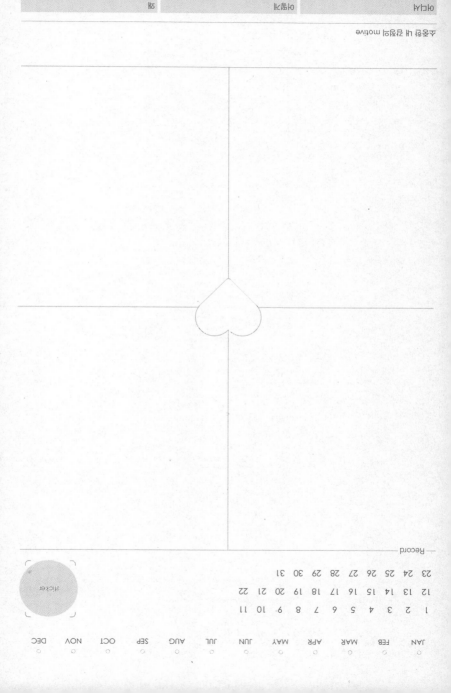

Record

sticker

JAN   FEB   MAR   APR   MAY   JUN   JUL   AUG   SEP   OCT   NOV   DEC

1 2 3 4 5 6 7 8 9 10 11
12 13 14 15 16 17 18 19 20 21 22
23 24 25 26 27 28 29 30 31

JAN	FEB	MAR	APR	MAY	JUN	JUL	AUG	SEP	OCT	NOV	DEC

1 2 3 4 5 6 7 8 9 10 11

12 13 14 15 16 17 18 19 20 21 22

23 24 25 26 27 28 29 30 31

sticker

— Record

소중한 내 감정의 motive

어디서	어떻게	왜

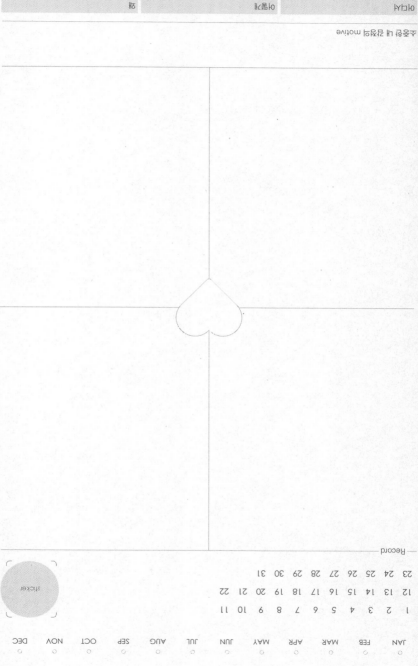

어디서   어떻게   왜

소중한 내 감정의 motive

Record

JAN FEB MAR APR MAY JUN JUL AUG SEP OCT NOV DEC

1 2 3 4 5 6 7 8 9 10 11
12 13 14 15 16 17 18 19 20 21 22
23 24 25 26 27 28 29 30 31

sticker

JAN FEB MAR APR MAY JUN JUL AUG SEP OCT NOV DEC

1   2   3   4   5   6   7   8   9   10 11

12 13 14 15 16 17 18 19 20 21 22

23 24 25 26 27 28 29 30 31

sticker

— Record

소중한 내 감정의 motive

어디서	어떻게	왜

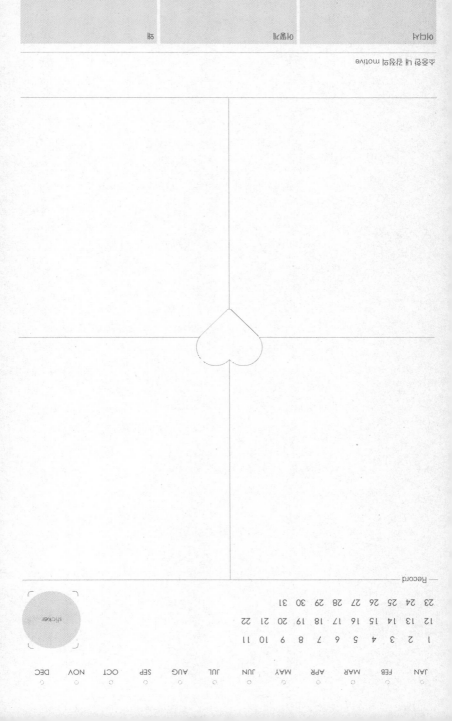

이야기 | 어울리기 | 예

소중한 내 강아지 motive

Record

JAN FEB MAR APR MAY JUN JUL AUG SEP OCT NOV DEC

1 2 3 4 5 6 7 8 9 10 11
12 13 14 15 16 17 18 19 20 21 22
23 24 25 26 27 28 29 30 31

sticker

아니서 아침에 얼

추억을 담은 감정의 motive

Record

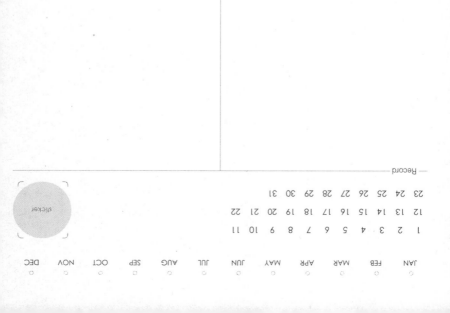

JAN FEB MAR APR MAY JUN JUL AUG SEP OCT NOV DEC

1 2 3 4 5 6 7 8 9 10 11
12 13 14 15 16 17 18 19 20 21 22
23 24 25 26 27 28 29 30 31

sticker

JAN   FEB   MAR   APR   MAY   JUN   JUL   AUG   SEP   OCT   NOV   DEC

1   2   3   4   5   6   7   8   9   10   11
12   13   14   15   16   17   18   19   20   21   22
23   24   25   26   27   28   29   30   31

sticker

— Record

소중한 내 감정의 motive

어디서   어떻게   왜

| JAN | FEB | MAR | APR | MAY | JUN | JUL | AUG | SEP | OCT | NOV | DEC |

1 2 3 4 5 6 7 8 9 10 11
12 13 14 15 16 17 18 19 20 21 22
23 24 25 26 27 28 29 30 31

sticker

— Record

소중한 내 감정의 motive

| 어디서 | 어떻게 | 왜 |

1   2   3   4   5   6   7   8   9   10   11

12   13   14   15   16   17   18   19   20   21   22

23   24   25   26   27   28   29   30   31

sticker

— Record

소중한 내 감정의 motive

어디서	어떻게	왜

아니시　　　　　　어물쩍　　　　　　울컥

수줍은 내 감정의 motive

Record

sticker

JAN	FEB	MAR	APR	MAY	JUN	JUL	AUG	SEP	OCT	NOV	DEC

1 2 3 4 5 6 7 8 9 10 11
12 13 14 15 16 17 18 19 20 21 22
23 24 25 26 27 28 29 30 31

1   2   3   4   5   6   7   8   9   10   11
12   13   14   15   16   17   18   19   20   21   22
23   24   25   26   27   28   29   30   31

sticker

Record

소중한 내 감정의 motive

어디서	어떻게	왜

어디서   어떻게   왜

Record

JAN FEB MAR APR MAY JUN JUL AUG SEP OCT NOV DEC

1 2 3 4 5 6 7 8 9 10 11
12 13 14 15 16 17 18 19 20 21 22
23 24 25 26 27 28 29 30 31

sticker

1 2 3 4 5 6 7 8 9 10 11
12 13 14 15 16 17 18 19 20 21 22
23 24 25 26 27 28 29 30 31

sticker

— Record

소중한 내 감정의 motive

| 어디서 | 어떻게 | 왜 |

JAN FEB MAR APR MAY JUN JUL AUG SEP OCT NOV DEC

1 2 3 4 5 6 7 8 9 10 11
12 13 14 15 16 17 18 19 20 21 22
23 24 25 26 27 28 29 30 31

sticker

Record

추억할 내 것인의 motive

이다시   이룸기   예

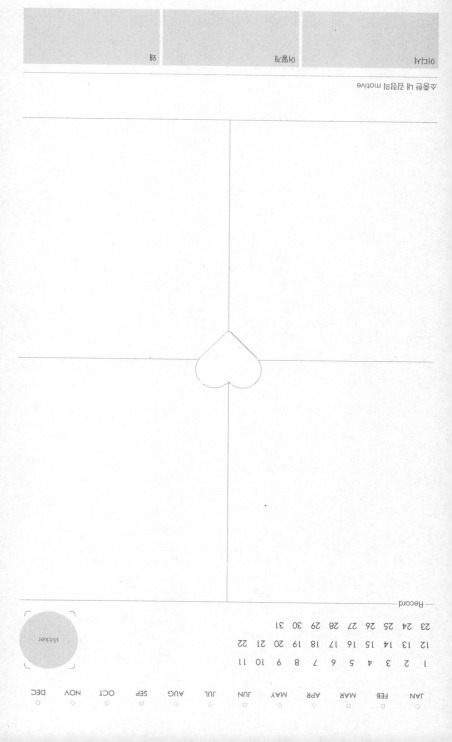

소중한 내 감정의 motive

이미지	이끌림	애정

— Record —

JAN FEB MAR APR MAY JUN JUL AUG SEP OCT NOV DEC
○   ○   ○   ○   ○   ○   ○   ○   ○   ○   ○   ○

1 2 3 4 5 6 7 8 9 10 11
12 13 14 15 16 17 18 19 20 21 22
23 24 25 26 27 28 29 30 31

sticker

수웡한 내 강정의 motive

Record

sticker

1 2 3 4 5 6 7 8 9 10 11
12 13 14 15 16 17 18 19 20 21 22
23 24 25 26 27 28 29 30 31

JAN FEB MAR APR MAY JUN JUL AUG SEP OCT NOV DEC

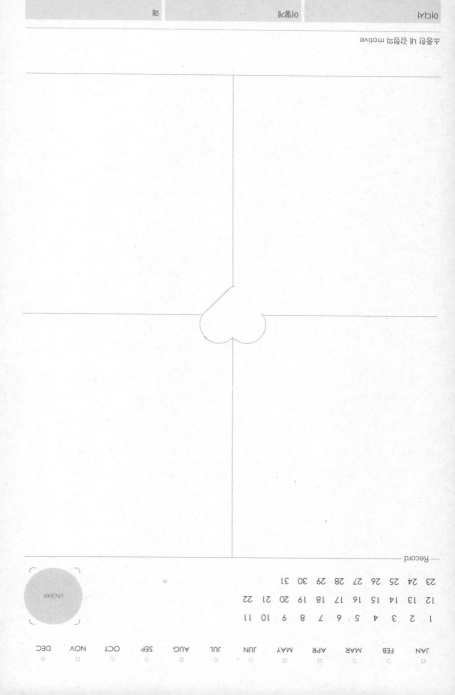

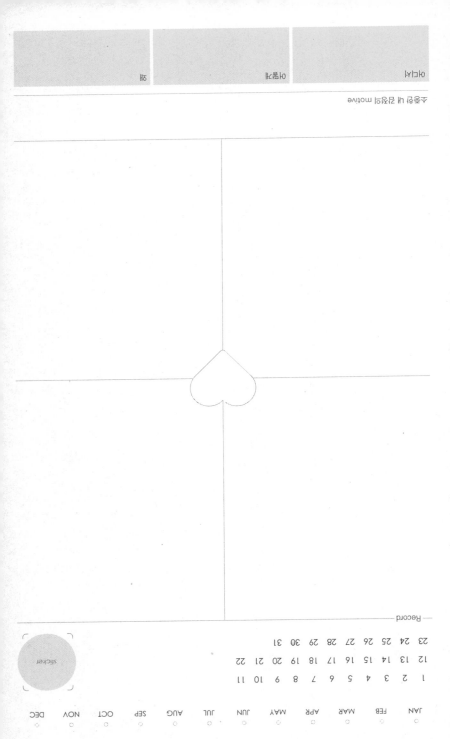

소중한 내 감정의 motive

아디시	이물기	열

— Record

JAN FEB MAR APR MAY JUN JUL AUG SEP OCT NOV DEC

1 2 3 4 5 6 7 8 9 10 11
12 13 14 15 16 17 18 19 20 21 22
23 24 25 26 27 28 29 30 31

sticker

1 2 3 4 5 6 7 8 9 10 11
12 13 14 15 16 17 18 19 20 21 22
23 24 25 26 27 28 29 30 31

sticker

— Record —

소중한 내 감정의 motive

어디서   어떻게   왜

1   2   3   4   5   6   7   8   9   10   11
12   13   14   15   16   17   18   19   20   21   22
23   24   25   26   27   28   29   30   31

sticker

— Record

소중한 내 감정의 motive

어디서	어떻게	왜

마사이 | 어울리기 | 예

추웠던 내 감정의 motive

Record

sticker

JAN FEB MAR APR MAY JUN JUL AUG SEP OCT NOV DEC

1 2 3 4 5 6 7 8 9 10 11
12 13 14 15 16 17 18 19 20 21 22
23 24 25 26 27 28 29 30 31

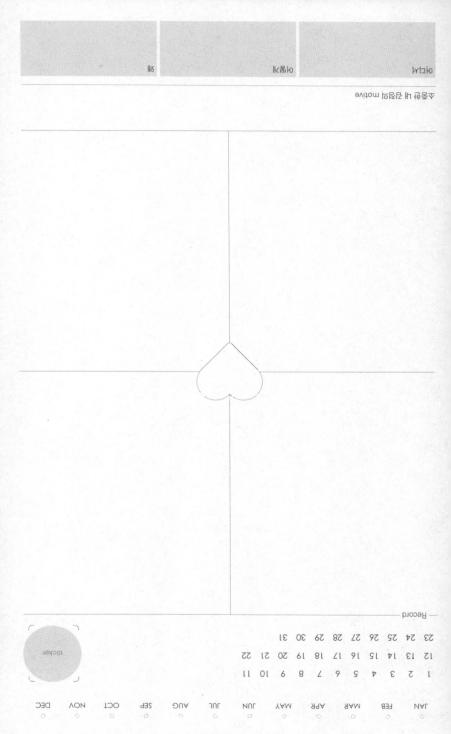

1 2 3 4 5 6 7 8 9 10 11
12 13 14 15 16 17 18 19 20 21 22
23 24 25 26 27 28 29 30 31

sticker

— Record —

소중한 내 감정의 motive

어디서	어떻게	왜

소중한 내 감정의 motive

Record

JAN FEB MAR APR MAY JUN JUL AUG SEP OCT NOV DEC

1 2 3 4 5 6 7 8 9 10 11
12 13 14 15 16 17 18 19 20 21 22
23 24 25 26 27 28 29 30 31

sticker

1 2 3 4 5 6 7 8 9 10 11
12 13 14 15 16 17 18 19 20 21 22
23 24 25 26 27 28 29 30 31

sticker

— Record —

소중한 내 감정의 motive

| 어디서 | 어떻게 | 왜 |

JAN FEB MAR APR MAY JUN JUL AUG SEP OCT NOV DEC

1 2 3 4 5 6 7 8 9 10 11
12 13 14 15 16 17 18 19 20 21 22
23 24 25 26 27 28 29 30 31

sticker

— Record

소중한 내 감정의 motive

어디서

어떻게

왜

| JAN | FEB | MAR | APR | MAY | JUN | JUL | AUG | SEP | OCT | NOV | DEC |

sticker

1 2 3 4 5 6 7 8 9 10 11
12 13 14 15 16 17 18 19 20 21 22
23 24 25 26 27 28 29 30 31

— Record

소중한 내 감정의 motive

| 어디서 | 어떻게 | 왜 |

수줌이 내 강정의 motive

— Record

sticker

1 2 3 4 5 6 7 8 9 10 11
12 13 14 15 16 17 18 19 20 21 22
23 24 25 26 27 28 29 30 31

JAN FEB MAR APR MAY JUN JUL AUG SEP OCT NOV DEC

어디서	어울리기	얼마

Record

JAN FEB MAR APR MAY JUN JUL AUG SEP OCT NOV DEC

1 2 3 4 5 6 7 8 9 10 11
12 13 14 15 16 17 18 19 20 21 22
23 24 25 26 27 28 29 30 31

sticker

언제 | 어떻게 | 어디서

추충한 내 감정의 motive

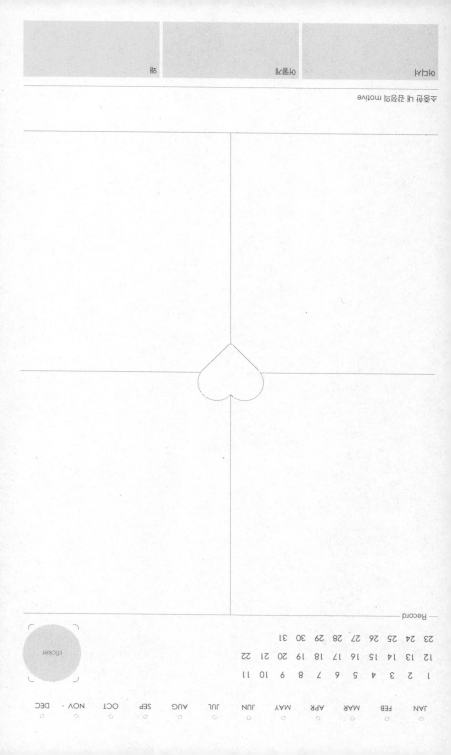

Record

sticker

1 2 3 4 5 6 7 8 9 10 11
12 13 14 15 16 17 18 19 20 21 22
23 24 25 26 27 28 29 30 31

JAN FEB MAR APR MAY JUN JUL AUG SEP OCT NOV DEC

JAN · FEB   MAR   APR   MAY   JUN   JUL   AUG   SEP   OCT   NOV   DEC

1   2   3   4   5   6   7   8   9   10   11
12   13   14   15   16   17   18   19   20   21   22
23   24   25   26   27   28   29   30   31

sticker

— Record

소중한 내 감정의 motive

| 어디서 | 어떻게 | 왜 |

JAN FEB MAR APR MAY JUN JUL AUG SEP OCT NOV DEC

1 2 3 4 5 6 7 8 9 10 11
12 13 14 15 16 17 18 19 20 21 22
23 24 25 26 27 28 29 30 31

sticker

—— Record ——

소중한 내 감정의 motive

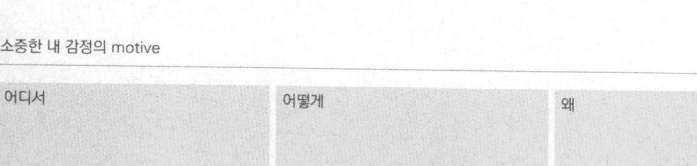

어디서

어떻게

왜

소중한 내 감정의 motive

Record

JAN   FEB   MAR   APR   MAY   JUN   JUL   AUG   SEP   OCT   NOV   DEC

1   2   3   4   5   6   7   8   9   10   11
12   13   14   15   16   17   18   19   20   21   22
23   24   25   26   27   28   29   30   31

sticker

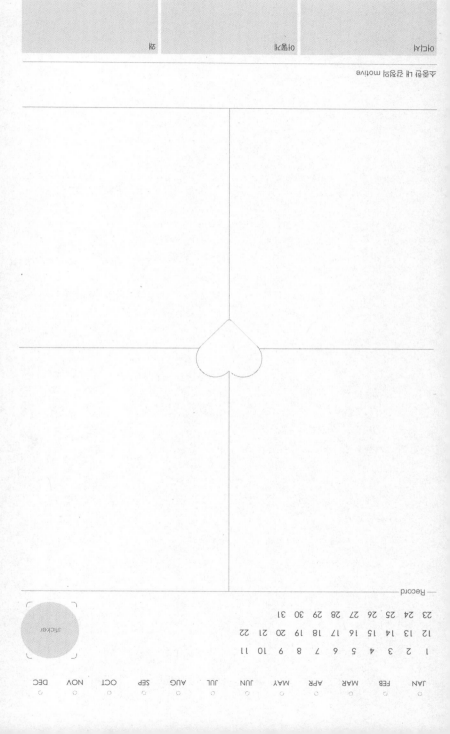

소중한 내 감정의 motive

아디어   아웃기   색

Record

1 2 3 4 5 6 7 8 9 10 11
12 13 14 15 16 17 18 19 20 21 22
23 24 25 26 27 28 29 30 31

sticker

JAN FEB MAR APR MAY JUN JUL AUG SEP OCT NOV DEC

1 2 3 4 5 6 7 8 9 10 11
12 13 14 15 16 17 18 19 20 21 22
23 24 25 26 27 28 29 30 31

sticker

— Record —

소중한 내 감정의 motive

어디서	어떻게	왜

추천한 내 감정의 motive

─ Record

sticker

JAN FEB MAR APR MAY JUN JUL AUG SEP OCT NOV DEC

1   2   3   4   5   6   7   8   9   10 11
12 13 14 15 16 17 18 19 20 21 22
23 24 25 26 27 28 29 30 31

JAN   FEB   MAR   APR   MAY   JUN   JUL   AUG   SEP   OCT   NOV   DEC

1   2   3   4   5   6   7   8   9   10   11
12   13   14   15   16   17   18   19   20   21   22
23   24   25   26   27   28   29   30   31

— Record —

소중한 내 감정의 motive

어디서	어떻게	왜

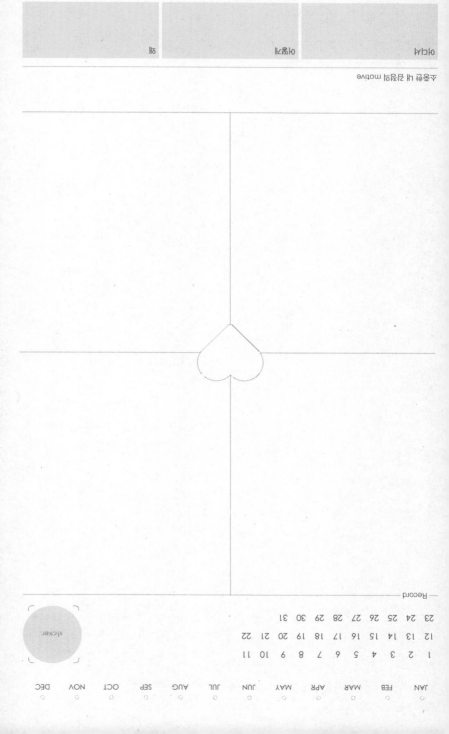

수행한 내 과정의 motive

아이디어	아웃풋기	행

Record

JAN FEB MAR APR MAY JUN JUL AUG SEP OCT NOV DEC

1 2 3 4 5 6 7 8 9 10 11
12 13 14 15 16 17 18 19 20 21 22
23 24 25 26 27 28 29 30 31

sticker

JAN   FEB   MAR   APR   MAY   JUN   JUL   AUG   SEP   OCT   NOV   DEC

1 2 3 4 5 6 7 8 9 10 11
12 13 14 15 16 17 18 19 20 21 22
23 24 25 26 27 28 29 30 31

sticker

——— Record ———

소중한 내 감정의 motive

어디서   어떻게   왜

소중한 내 감정의 motive

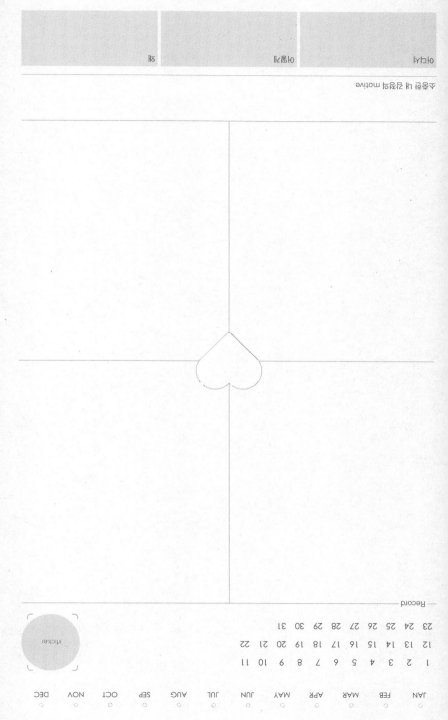

Record

1 2 3 4 5 6 7 8 9 10 11
12 13 14 15 16 17 18 19 20 21 22
23 24 25 26 27 28 29 30 31

sticker

JAN FEB MAR APR MAY JUN JUL AUG SEP OCT NOV DEC

추천한 내 감정의 motive

아니서	어울기	해

— Record

sticker

JAN	FEB	MAR	APR	MAY	JUN	JUL	AUG	SEP	OCT	NOV	DEC

1 2 3 4 5 6 7 8 9 10 11
12 13 14 15 16 17 18 19 20 21 22
23 24 25 26 27 28 29 30 31

1 2 3 4 5 6 7 8 9 10 11
12 13 14 15 16 17 18 19 20 21 22
23 24 25 26 27 28 29 30 31

sticker

— Record —

소중한 내 감정의 motive

어디서	어떻게	왜

1   2   3   4   5   6   7   8   9   10   11
12   13   14   15   16   17   18   19   20   21   22
23   24   25   26   27   28   29   30   31

sticker

— Record —

소중한 내 감정의 motive

어디서	어떻게	왜

| JAN | FEB | MAR | APR | MAY | JUN | JUL | AUG | SEP | OCT | NOV | DEC |

1 2 3 4 5 6 7 8 9 10 11
12 13 14 15 16 17 18 19 20 21 22
23 24 25 26 27 28 29 30 31

sticker

— Record

소중한 내 감정의 motive

어디서　　　　　　　　　　　어떻게　　　　　　　　　　　왜

소중한 내 감정의 motive

아버지 이웃게 여

Record

sticker

JAN FEB MAR APR MAY JUN JUL AUG SEP OCT NOV DEC

1 2 3 4 5 6 7 8 9 10 11
12 13 14 15 16 17 18 19 20 21 22
23 24 25 26 27 28 29 30 31

아디서	이별기	장소

소중한 내 강아지 motive

— Record

JAN FEB MAR APR MAY JUN JUL AUG SEP OCT NOV DEC

1 2 3 4 5 6 7 8 9 10 11
12 13 14 15 16 17 18 19 20 21 22
23 24 25 26 27 28 29 30 31

sticker

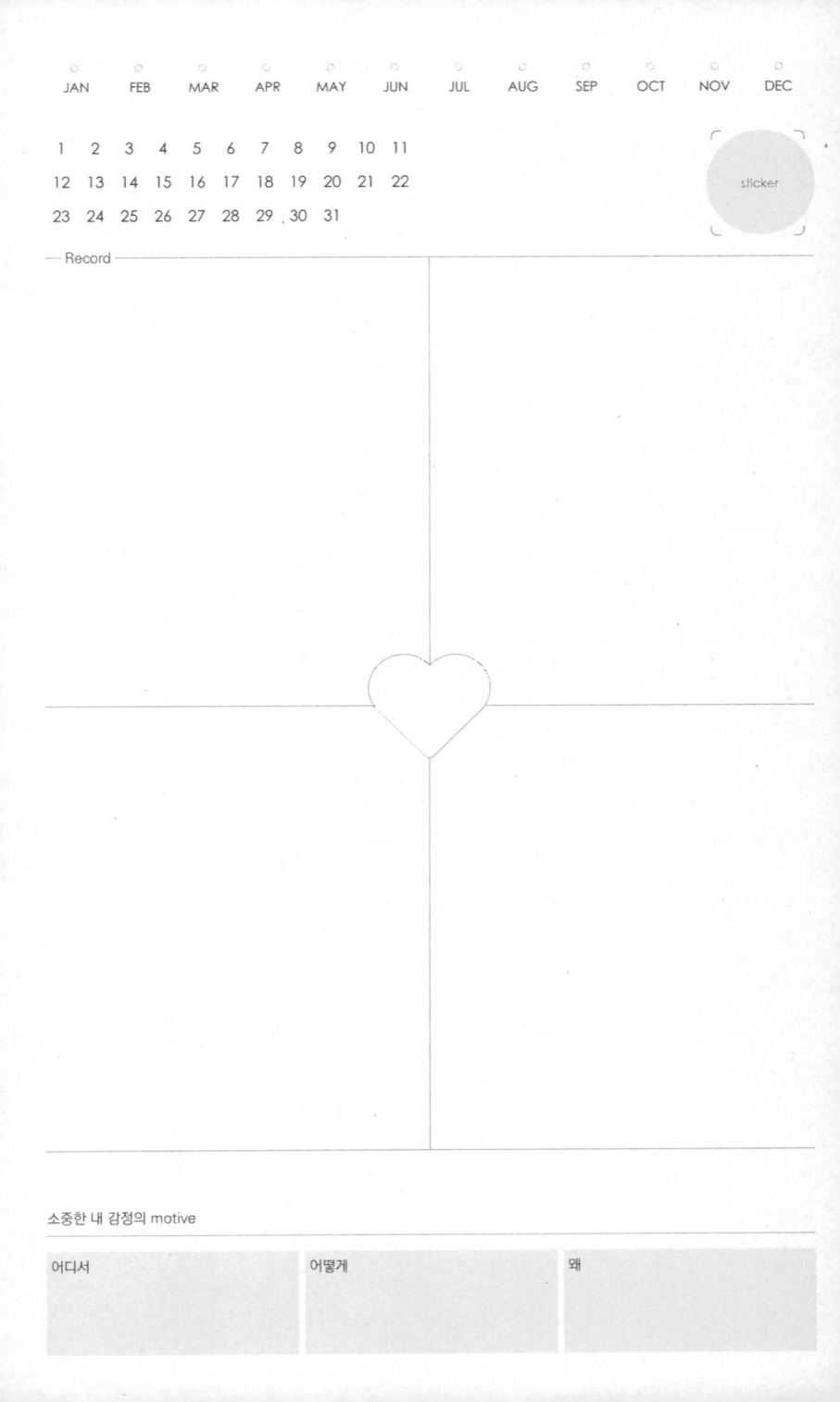

| JAN | FEB | MAR | APR | MAY | JUN | JUL | AUG | SEP | OCT | NOV | DEC |

1 2 3 4 5 6 7 8 9 10 11
12 13 14 15 16 17 18 19 20 21 22
23 24 25 26 27 28 29 30 31

sticker

— Record —

소중한 내 감정의 motive

| 어디서 | 어떻게 | 왜 |

1   2   3   4   5   6   7   8   9   10   11
12   13   14   15   16   17   18   19   20   21   22
23   24   25   26   27   28   29   30   31

sticker

— Record

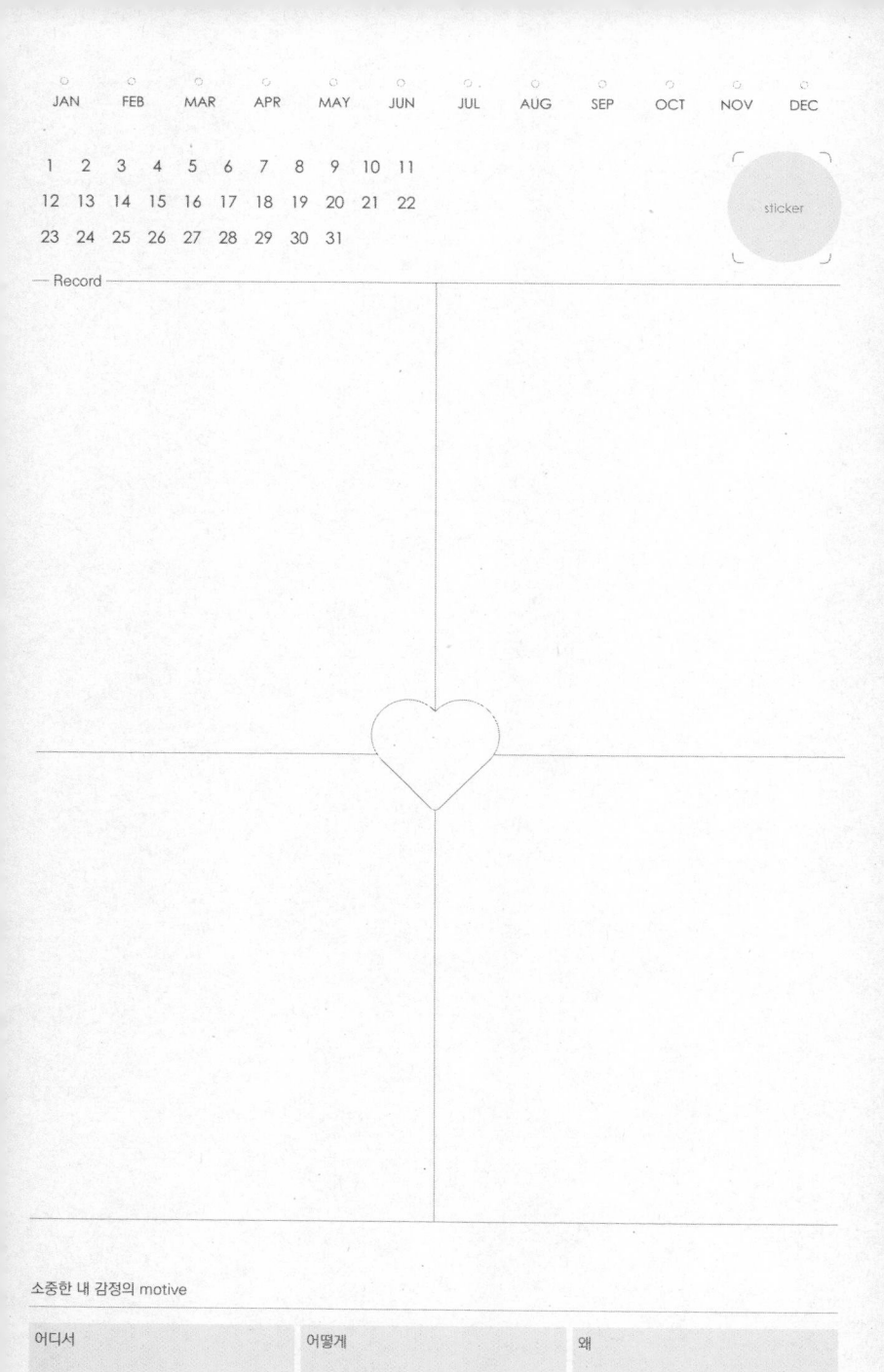

소중한 내 감정의 motive

어디서	어떻게	왜

소중한 내 강아지 motive

아나시	아별기	엘

Record

JAN FEB MAR APR MAY JUN JUL AUG SEP OCT NOV DEC

1 2 3 4 5 6 7 8 9 10 11
12 13 14 15 16 17 18 19 20 21 22
23 24 25 26 27 28 29 30 31

sticker

1 2 3 4 5 6 7 8 9 10 11
12 13 14 15 16 17 18 19 20 21 22
23 24 25 26 27 28 29 30 31

sticker

Record

소중한 내 감정의 motive

아디어	아쉽게	꽤

감정을 다스리는 것 역시 감정입니다.

자신의 감정을 다스릴 줄 알아야 합니다.
감정은 당신의 언어와 말과 직접적인 관계를
맺기 때문입니다.

결국
당신이 사용하는
언어와 말이 품격을 나타내며
삶을 표현하기 때문입니다.

감정에 대한 투자란

좋은 책을 읽는 것,

좋은 강연을 듣는 것,

종교,요가,명상,캘리그라피, 기타등등,

자신이 좋아하는 일을,

하라는 것이다.

〈감정에 대한 투자〉

감정을 기록한다는 것은 그 날을 기억한다는 것이다.

기억한다는 것은 아마 대부분 너무 행복했거나, 큰 아픔이었거나 둘 중 하나 일게다.

그래서 그 날의 기억을 잊지 못하는 것이며

누구에게는 경험이며 자산이다.

자신의 감정을 스스로 속이는 행위보다는 감정을 인정하세요.

감정을 인정할 줄 알아야 나의 상태을 알 수 있습니다.

나를 알아간다는 것은

화날 때 화난 줄 알게 되는 것이며

초조할 때 초조함을 알게 되는 것이며

들뜰 때 들떠 있음을 알게 되는 것이며

욕심 낼 때 욕심내는 줄 알게 된다는 것입니다.

〈법륜스님〉

감정을 손으로 잡을 수 없지만
마음에 눈에 그리고 기억에 담을 수 있기에
지금이라는 순간도 감정에 충실할 수 있다

감정을 습득하려 하지 말고 이해하세요.

감정을 이해하면 할수록 표현은 더욱 커지니까요.

감정에 사로잡지 마라

급할 것은 없다.

JAN FEB MAR APR MAY JUN JUL AUG SEP OCT NOV DEC

sticker

1　2　3　4　5　6　7　8　9　10　11

12　13　14　15　16　17　18　19　20　21　22

23　24　25　26　27　28　29　30　31

—— Record ————————————————————————————

소중한 내 감정의 motive

어디서	어떻게	왜

소중한 내 감정의 motive

아이디 | 비밀번호 | 명

— Record —

JAN FEB MAR APR MAY JUN JUL AUG SEP OCT NOV DEC
○ ○ ○ ○ ○ ○ ○ ○ ○ ○ ○ ○

1 2 3 4 5 6 7 8 9 10 11
12 13 14 15 16 17 18 19 20 21 22
23 24 25 26 27 28 29 30 31

sticker

아디시	아슬기	열

수줍일 내 강정의 motive

Record

JAN FEB MAR APR MAY JUN JUL AUG SEP OCT NOV DEC

1 2 3 4 5 6 7 8 9 10 11
12 13 14 15 16 17 18 19 20 21 22
23 24 25 26 27 28 29 30 31

sticker

JAN	FEB	MAR	APR	MAY	JUN	JUL	AUG	SEP	OCT	NOV	DEC

1 2 3 4 5 6 7 8 9 10 11
12 13 14 15 16 17 18 19 20 21 22
23 24 25 26 27 28 29 30 31

sticker

— Record —

소중한 내 감정의 motive

어디서	어떻게	왜

이나사	아빨기	안해

수많은 내 감정의 motive

Record

JAN FEB MAR APR MAY JUN JUL AUG SEP OCT NOV DEC

1 2 3 4 5 6 7 8 9 10 11
12 13 14 15 16 17 18 19 20 21 22
23 24 25 26 27 28 29 30 31

sticker

| JAN | FEB | MAR | APR | MAY | JUN | JUL | AUG | SEP | OCT | NOV | DEC |

1 2 3 4 5 6 7 8 9 10 11
12 13 14 15 16 17 18 19 20 21 22
23 24 25 26 27 28 29 30 31

sticker

— Record —

소중한 내 감정의 motive

| 어디서 | 어떻게 | 왜 |

JAN	FEB	MAR	APR	MAY	JUN	JUL	AUG	SEP	OCT	NOV	DEC

1 2 3 4 5 6 7 8 9 10 11

12 13 14 15 16 17 18 19 20 21 22

23 24 25 26 27 28 29 30 31

sticker

— Record —

소중한 내 감정의 motive

어디서	어떻게	왜

1   2   3   4   5   6   7   8   9   10   11
12   13   14   15   16   17   18   19   20   21   22
23   24   25   26   27   28   29   30   31

sticker

—— Record ——

소중한 내 감정의 motive

어디서	어떻게	왜

JAN	FEB	MAR	APR	MAY	JUN	JUL	AUG	SEP	OCT	NOV	DEC

sticker

1 2 3 4 5 6 7 8 9 10 11
12 13 14 15 16 17 18 19 20 21 22
23 24 25 26 27 28 29 30 31

— Record —

소중한 내 감정의 motive

어디서	어떻게	왜

아디사	아침기	해

소중한 내 감정의 motive

—— Record ——

JAN FEB MAR APR MAY JUN JUL AUG SEP OCT NOV DEC

1 2 3 4 5 6 7 8 9 10 11
12 13 14 15 16 17 18 19 20 21 22
23 24 25 26 27 28 29 30 31

sticker

아니다 | 아쁠기 | 예

수중일 내 강점의 motive

Record

23	24	25	26	27	28	29	30	31
12	13	14	15	16	17	18	19	20	21	22
1	2	3	4	5	6	7	8	9	10	11

sticker

JAN FEB MAR APR MAY JUN JUL AUG SEP OCT NOV DEC

이야기	아쉬웠기	잘

추종할 내 강점의 motive

Record

JAN FEB MAR APR MAY JUN JUL AUG SEP OCT NOV DEC
○ ○ ○ ○ ○ ○ ○ ○ ○ ○ ○ ○

1 2 3 4 5 6 7 8 9 10 11
12 13 14 15 16 17 18 19 20 21 22
23 24 25 26 27 28 29 30 31

sticker

| ○ | ○ | ○ | ○ | ○ | ○ | ○ | ○ | ○ | ○ | ○ | ○ |
| JAN | FEB | MAR | APR | MAY | JUN | JUL | AUG | SEP | OCT | NOV | DEC |

1 2 3 4 5 6 7 8 9 10 11
12 13 14 15 16 17 18 19 20 21 22
23 24 25 26 27 28 29 30 31

—— Record ——————————————————————————————————

소중한 내 감정의 motive

| 어디서 | 어떻게 | 왜 |

JAN	FEB	MAR	APR	MAY	JUN	JUL	AUG	SEP	OCT	NOV	DEC

1 2 3 4 5 6 7 8 9 10 11
12 13 14 15 16 17 18 19 20 21 22
23 24 25 26 27 28 29 30 31

sticker

— Record ———————————————————————————————

소중한 내 감정의 motive

어디서	어떻게	왜

소중한 내 감정의 motive

_____

_____

_____

_____

_____

_____

_____

_____

_____

_____

_____

_____

_____

_____

_____

_____

_____

Record

sticker

JAN	FEB	MAR	APR	MAY	JUN	JUL	AUG	SEP	OCT	NOV	DEC
○	○	○	○	○	○	○	○	○	○	○	○

1 2 3 4 5 6 7 8 9 10 11
12 13 14 15 16 17 18 19 20 21 22
23 24 25 26 27 28 29 30 31

수롱헌 내 감정의 motive

Record

JAN FEB MAR APR MAY JUN JUL AUG SEP OCT NOV DEC

1 2 3 4 5 6 7 8 9 10 11
12 13 14 15 16 17 18 19 20 21 22
23 24 25 26 27 28 29 30 31

sticker

| JAN | FEB | MAR | APR | MAY | JUN | JUL | AUG | SEP | OCT | NOV | DEC |

sticker

1 2 3 4 5 6 7 8 9 10 11
12 13 14 15 16 17 18 19 20 21 22
23 24 25 26 27 28 29 30 31

— Record —

소중한 내 감정의 motive

| 어디서 | 어떻게 | 왜 |

소중한 내 강점의 motive

아이서   이름기   앤

Record

1 2 3 4 5 6 7 8 9 10 11
12 13 14 15 16 17 18 19 20 21 22
23 24 25 26 27 28 29 30 31

JAN FEB MAR APR MAY JUN JUL AUG SEP OCT NOV DEC

수종일 내 감정의 motive

Record

23 24 25 26 27 28 29 30 31
12 13 14 15 16 17 18 19 20 21 22
1　2　3　4　5　6　7　8　9　10　11

sticker

JAN　FEB　MAR　APR　MAY　JUN　JUL　AUG　SEP　OCT　NOV　DEC

JAN	FEB	MAR	APR	MAY	JUN	JUL	AUG	SEP	OCT	NOV	DEC

1 2 3 4 5 6 7 8 9 10 11

12 13 14 15 16 17 18 19 20 21 22

23 24 25 26 27 28 29 30 31

sticker

—— Record ——————————————————————————————————

소중한 내 감정의 motive

어디서	어떻게	왜

어디서	어떻게	왜

소중한 내 감정의 motive

_____

_____

_____

_____

_____

_____

_____

_____

_____

_____

_____

_____

_____

_____

_____

_____

_____

_____

_____

Record

1 2 3 4 5 6 7 8 9 10 11
12 13 14 15 16 17 18 19 20 21 22
23 24 25 26 27 28 29 30 31

sticker

JAN FEB MAR APR MAY JUN JUL AUG SEP OCT NOV DEC
○   ○   ○   ○   ○   ○   ○   ○   ○   ○   ○   ○

JAN	FEB	MAR	APR	MAY	JUN	JUL	AUG	SEP	OCT	NOV	DEC

1　2　3　4　5　6　7　8　9　10　11
12　13　14　15　16　17　18　19　20　21　22
23　24　25　26　27　28　29　30　31

sticker

—— Record ——

소중한 내 감정의 motive

어디서	어떻게	왜

아이디어

어울게

예

추종한 내 감정의 motive

23 24 25 26 27 28 29 30 31

12 13 14 15 16 17 18 19 20 21 22

1 2 3 4 5 6 7 8 9 10 11

sticker

JAN FEB MAR APR MAY JUN JUL AUG SEP OCT NOV DEC

언제 어떻게 어디서

수집한 내 감정의 motive

Record —

23 24 25 26 27 28 29 30 31
12 13 14 15 16 17 18 19 20 21 22
1 2 3 4 5 6 7 8 9 10 11

sticker

JAN FEB MAR APR MAY JUN JUL AUG SEP OCT NOV DEC

소중한 내 감성의 motive

Record

| JAN | FEB | MAR | APR | MAY | JUN | JUL | AUG | SEP | OCT | NOV | DEC |

1 2 3 4 5 6 7 8 9 10 11
12 13 14 15 16 17 18 19 20 21 22
23 24 25 26 27 28 29 30 31

sticker

아니시   이불림기   앤

수증일 내 감정의 motive

Record

1	2	3	4	5	6	7	8	9	10	11
12	13	14	15	16	17	18	19	20	21	22
23	24	25	26	27	28	29	30	31		

sticker

JAN   FEB   MAR   APR   MAY   JUN   JUL   AUG   SEP   OCT   NOV   DEC

아이디어 아웃풋 열매

수집의 내 강렬한 motive

─ Record

1 2 3 4 5 6 7 8 9 10 11
12 13 14 15 16 17 18 19 20 21 22
23 24 25 26 27 28 29 30 31

sticker

○ JAN ○ FEB ○ MAR ○ APR ○ MAY ○ JUN ○ JUL ○ AUG ○ SEP ○ OCT ○ NOV ○ DEC

| JAN | FEB | MAR | APR | MAY | JUN | JUL | AUG | SEP | OCT | NOV | DEC |

1 2 3 4 5 6 7 8 9 10 11
12 13 14 15 16 17 18 19 20 21 22
23 24 25 26 27 28 29 30 31

sticker

— Record —

소중한 내 감정의 motive ·

| 어디서 | 어떻게 | 왜 |

JAN FEB MAR APR MAY JUN JUL AUG SEP OCT NOV DEC
○   ○   ○   ○   ○   ○   ○   ○   ○   ○   ○   ○

1   2   3   4   5   6   7   8   9   10 11
12 13 14 15 16 17 18 19 20 21 22
23 24 25 26 27 28 29 30 31

sticker

Record

추천한 내 인생의 motive

이미지	아쉽게	해

아이서 어울게 예

추천해 준 친구의 motive

— Record —

JAN FEB MAR APR MAY JUN JUL AUG SEP OCT NOV DEC

1 2 3 4 5 6 7 8 9 10 11
12 13 14 15 16 17 18 19 20 21 22
23 24 25 26 27 28 29 30 31

sticker

| JAN | FEB | MAR | APR | MAY | JUN | JUL | AUG | SEP | OCT | NOV | DEC |

1 2 3 4 5 6 7 8 9 10 11
12 13 14 15 16 17 18 19 20 21 22
23 24 25 26 27 28 29 30 31

sticker

— Record —

소중한 내 감정의 motive

| 어디서 | 어떻게 | 왜 |

수집일 내 감정의 motive

Record

sticker

JAN	FEB	MAR	APR	MAY	JUN	JUL	AUG	SEP	OCT	NOV	DEC
○	○	○	○	○	○	○	○	○	○	○	○

1 2 3 4 5 6 7 8 9 10 11
12 13 14 15 16 17 18 19 20 21 22
23 24 25 26 27 28 29 30 31

아이서 | 이름기 | 뎨

수중일 내 성장의 motive

— Record

1 2 3 4 5 6 7 8 9 10 11
12 13 14 15 16 17 18 19 20 21 22
23 24 25 26 27 28 29 30 31

sticker

JAN FEB MAR APR MAY JUN JUL AUG SEP OCT NOV DEC

이다사	아쉽게	열심

주중한 내 강점의 motive

Record

1 2 3 4 5 6 7 8 9 10 11
12 13 14 15 16 17 18 19 20 21 22
23 24 25 26 27 28 29 30 31

JAN FEB MAR APR MAY JUN JUL AUG SEP OCT NOV DEC
○ ○ ○ ○ ○ ○ ○ ○ ○ ○ ○ ○

JAN	FEB	MAR	APR	MAY	JUN	JUL	AUG	SEP	OCT	NOV	DEC

1　2　3　4　5　6　7　8　9　10　11

12　13　14　15　16　17　18　19　20　21　22

23　24　25　26　27　28　29　30　31

sticker

— Record ——————————————————————————————————————

소중한 내 감정의 motive

어디서	어떻게	왜

이미지	이름기	인

추천한 내 감정의 motive

— Record —

23 24 25 26 27 28 29 30 31
12 13 14 15 16 17 18 19 20 21 22
1 2 3 4 5 6 7 8 9 10 11

sticker

JAN	FEB	MAR	APR	MAY	JUN	JUL	AUG	SEP	OCT	NOV	DEC
○	○	○	○	○	○	○	○	○	○	○	○

JAN FEB MAR APR MAY JUN JUL AUG SEP OCT NOV DEC

1   2   3   4   5   6   7   8   9   10 11
12 13 14 15 16 17 18 19 20 21 22
23 24 25 26 27 28 29 30 31

— Record —

소중한 내 감정의 motive

어디서	어떻게	왜

어디서	어떻게	왜

수많은 내 감정의 motive

Record

23 24 25 26 27 28 29 30 31
12 13 14 15 16 17 18 19 20 21 22
1 2 3 4 5 6 7 8 9 10 11

JAN FEB MAR APR MAY JUN JUL AUG SEP OCT NOV DEC

sticker

JAN FEB MAR APR MAY JUN JUL AUG SEP OCT NOV DEC

sticker

1 2 3 4 5 6 7 8 9 10 11
12 13 14 15 16 17 18 19 20 21 22
23 24 25 26 27 28 29 30 31

— Record ——

소중한 내 감정의 motive

어디서	어떻게	왜

1 2 3 4 5 6 7 8 9 10 11
12 13 14 15 16 17 18 19 20 21 22
23 24 25 26 27 28 29 30 31

sticker

— Record

소중한 내 감정의 motive

애니사	어울림	해

JAN FEB MAR APR MAY JUN JUL AUG SEP OCT NOV DEC

1   2   3   4   5   6   7   8   9   10 11
12 13 14 15 16 17 18 19 20 21 22
23 24 25 26 27 28 29 30 31

sticker

— Record ———

소중한 내 감정의 motive

| 어디서 | 어떻게 | 왜 |

JAN FEB MAR APR MAY JUN JUL AUG SEP OCT NOV DEC

1 2 3 4 5 6 7 8 9 10 11
12 13 14 15 16 17 18 19 20 21 22
23 24 25 26 27 28 29 30 31

sticker

— Record ————————————————————————————

소중한 내 감정의 motive

어디서	어떻게	왜

JAN　FEB　MAR　APR　MAY　JUN　JUL　AUG　SEP　OCT　NOV　DEC

1　2　3　4　5　6　7　8　9　10　11
12　13　14　15　16　17　18　19　20　21　22
23　24　25　26　27　28　29　30　31

sticker

— Record ——————————————————————————————————————

소중한 내 감정의 motive

어디서	어떻게	왜

JAN	FEB	MAR	APR	MAY	JUN	JUL	AUG	SEP	OCT	NOV	DEC

1 2 3 4 5 6 7 8 9 10 11

12 13 14 15 16 17 18 19 20 21 22

23 24 25 26 27 28 29 30 31

sticker

—— Record ——————————————————————————————————

소중한 내 감정의 motive

어디서	어떻게	왜

이다시	아플게	해

수많은 내 감정의 motive

Record

sticker

1	2	3	4	5	6	7	8	9	10	11
12	13	14	15	16	17	18	19	20	21	22
23	24	25	26	27	28	29	30	31		

JAN FEB MAR APR MAY JUN JUL AUG SEP OCT NOV DEC

오늘의 내 감정의 motive

—— Record ——

JAN FEB MAR APR MAY JUN JUL AUG SEP OCT NOV DEC

1 2 3 4 5 6 7 8 9 10 11
12 13 14 15 16 17 18 19 20 21 22
23 24 25 26 27 28 29 30 31

sticker

JAN	FEB	MAR	APR	MAY	JUN	JUL	AUG	SEP	OCT	NOV	DEC

1 2 3 4 5 6 7 8 9 10 11
12 13 14 15 16 17 18 19 20 21 22
23 24 25 26 27 28 29 30 31

sticker

—— Record ———————————————————————————————

소중한 내 감정의 motive

어디서	어떻게	왜

소중한 내 감정의 motive

Record

1 2 3 4 5 6 7 8 9 10 11
12 13 14 15 16 17 18 19 20 21 22
23 24 25 26 27 28 29 30 31

sticker

JAN FEB MAR APR MAY JUN JUL AUG SEP OCT NOV DEC

JAN	FEB	MAR	APR	MAY	JUN	JUL	AUG	SEP	OCT	NOV	DEC

1　2　3　4　5　6　7　8　9　10　11
12　13　14　15　16　17　18　19　20　21　22
23　24　25　26　27　28　29　30　31

sticker

— Record ——————————————————————————————————————

소중한 내 감정의 motive

어디서	어떻게	왜

추웠던 내 감정의 motive

이야기 아침게 해

Record

1 2 3 4 5 6 7 8 9 10 11
12 13 14 15 16 17 18 19 20 21 22
23 24 25 26 27 28 29 30 31

sticker

JAN FEB MAR APR MAY JUN JUL AUG SEP OCT NOV DEC

| JAN | FEB | MAR | APR | MAY | JUN | JUL | AUG | SEP | OCT | NOV | DEC |
| ○ | ○ | ○ | ○ | ○ | ○ | ○ | ○ | ○ | ○ | ○ | ○ |

1 2 3 4 5 6 7 8 9 10 11
12 13 14 15 16 17 18 19 20 21 22
23 24 25 26 27 28 29 30 31

sticker

Record

수정된 내 감정의 motive

이다시	이름기	연

JAN FEB MAR APR MAY JUN JUL AUG SEP OCT NOV DEC

1   2   3   4   5   6   7   8   9   10 11
12 13 14 15 16 17 18 19 20 21 22
23 24 25 26 27 28 29 30 31

sticker

—— Record ——

소중한 내 감정의 motive

어디서	어떻게	왜

JAN FEB MAR APR MAY JUN JUL AUG SEP OCT NOV DEC

1   2   3   4   5   6   7   8   9   10 11
12 13 14 15 16 17 18 19 20 21 22
23 24 25 26 27 28 29 30 31

sticker

—— Record ——————————————————————————————

소중한 내 감정의 motive

어디서	어떻게	왜

아이디	이룸기	암

추종할 내 강점의 motive

―――――――――――――― Record ―――――――――――――

1 2 3 4 5 6 7 8 9 10 11
12 13 14 15 16 17 18 19 20 21 22
23 24 25 26 27 28 29 30 31

sticker

JAN FEB MAR APR MAY JUN JUL AUG SEP OCT NOV DEC
○   ○   ○   ○   ○   ○   ○   ○   ○   ○   ○   ○

애	어울게	어디서

추웅한 내 감정의 motive

— Record —

sticker		23 24 25 26 27 28 29 30 31
		12 13 14 15 16 17 18 19 20 21 22
		1 2 3 4 5 6 7 8 9 10 11

JAN FEB MAR APR MAY JUN JUL AUG SEP OCT NOV DEC

수집한 내 감정의 motive

날짜	이용료기	어디서

— Record —

JAN FEB MAR APR MAY JUN JUL AUG SEP OCT NOV DEC
○ ○ ○ ○ ○ ○ ○ ○ ○ ○ ○ ○

1 2 3 4 5 6 7 8 9 10 11
12 13 14 15 16 17 18 19 20 21 22
23 24 25 26 27 28 29 30 31

sticker

수용한 내 감정의 motive

— Record —

JAN FEB MAR APR MAY JUN JUL AUG SEP OCT NOV DEC

1 2 3 4 5 6 7 8 9 10 11
12 13 14 15 16 17 18 19 20 21 22
23 24 25 26 27 28 29 30 31

sticker

수집한 내 감정의 motive

Record

JAN FEB MAR APR MAY JUN JUL AUG SEP OCT NOV DEC

1 2 3 4 5 6 7 8 9 10 11
12 13 14 15 16 17 18 19 20 21 22
23 24 25 26 27 28 29 30 31

sticker

수중달 내 강점의 motive

Record

JAN FEB MAR APR MAY JUN JUL AUG SEP OCT NOV DEC

1 2 3 4 5 6 7 8 9 10 11
12 13 14 15 16 17 18 19 20 21 22
23 24 25 26 27 28 29 30 31

sticker

아티스트	앨범명	곡

추천하는 내 감정의 motive

___

Record

sticker

1 2 3 4 5 6 7 8 9 10 11
12 13 14 15 16 17 18 19 20 21 22
23 24 25 26 27 28 29 30 31

JAN FEB MAR APR MAY JUN JUL AUG SEP OCT NOV DEC

JAN FEB MAR APR MAY JUN JUL AUG SEP OCT NOV DEC

1 2 3 4 5 6 7 8 9 10 11
12 13 14 15 16 17 18 19 20 21 22
23 24 25 26 27 28 29 30 31

Record

소중한 내 감성의 motive

아이디	아이쇼핑	체험

| JAN | FEB | MAR | APR | MAY | JUN | JUL | AUG | SEP | OCT | NOV | DEC |

1 2 3 4 5 6 7 8 9 10 11
12 13 14 15 16 17 18 19 20 21 22
23 24 25 26 27 28 29 30 31

sticker

— Record ————————————————————————————————————

소중한 내 감정의 motive

| 어디서 | 어떻게 | 왜 |

1   2   3   4   5   6   7   8   9   10   11
12   13   14   15   16   17   18   19   20   21   22
23   24   25   26   27   28   29   30   31

sticker

—— Record ——

소중한 내 감정의 motive

어디서	어떻게	왜

수집일 내 감정의 motive

아디사	이름과기	음색

Record

JAN FEB MAR APR MAY JUN JUL AUG SEP OCT NOV DEC
○   ○   ○   ○   ○   ○   ○   ○   ○   ○   ○   ○

1 2 3 4 5 6 7 8 9 10 11
12 13 14 15 16 17 18 19 20 21 22
23 24 25 26 27 28 29 30 31

sticker

Record

sticker

JAN	FEB	MAR	APR	MAY	JUN	JUL	AUG	SEP	OCT	NOV	DEC
○	○	○	○	○	○	○	○	○	○	○	○

1 2 3 4 5 6 7 8 9 10 11
12 13 14 15 16 17 18 19 20 21 22
23 24 25 26 27 28 29 30 31

○	○	○	○	○	○	○	○	○	○	○	○
JAN	FEB	MAR	APR	MAY	JUN	JUL	AUG	SEP	OCT	NOV	DEC

1 2 3 4 5 6 7 8 9 10 11
12 13 14 15 16 17 18 19 20 21 22
23 24 25 26 27 28 29 30 31

sticker

— Record —

소중한 내 감정의 motive

어디서	어떻게	왜

수종한 내 강아지 motive

Record —

| JAN | FEB | MAR | APR | MAY | JUN | JUL | AUG | SEP | OCT | NOV | DEC |
| ○ | ○ | ○ | ○ | ○ | ○ | ○ | ○ | ○ | ○ | ○ | ○ |

1 2 3 4 5 6 7 8 9 10 11
12 13 14 15 16 17 18 19 20 21 22
23 24 25 26 27 28 29 30 31

sticker

소중한 내 감정의 motive

Record

sticker

JAN FEB MAR APR MAY JUN JUL AUG SEP OCT NOV DEC

1 2 3 4 5 6 7 8 9 10 11

12 13 14 15 16 17 18 19 20 21 22

23 24 25 26 27 28 29 30 31

수고한 내 감정의 motive

— Record —

JAN FEB MAR APR MAY JUN JUL AUG SEP OCT NOV DEC

1 2 3 4 5 6 7 8 9 10 11
12 13 14 15 16 17 18 19 20 21 22
23 24 25 26 27 28 29 30 31

sticker

JAN FEB MAR APR MAY JUN JUL AUG SEP OCT NOV DEC

1   2   3   4   5   6   7   8   9   10 11
12 13 14 15 16 17 18 19 20 21 22
23 24 25 26 27 28 29 30 31

sticker

— Record ——

소중한 내 감정의 motive

어디서	어떻게	왜

오늘의 내 감정의 motive

이다시   아들게   열

Record

JAN	FEB	MAR	APR	MAY	JUN	JUL	AUG	SEP	OCT	NOV	DEC

1 2 3 4 5 6 7 8 9 10 11
12 13 14 15 16 17 18 19 20 21 22
23 24 25 26 27 28 29 30 31

sticker

추종할 내 감정의 motive

Record

JAN	FEB	MAR	APR	MAY	JUN	JUL	AUG	SEP	OCT	NOV	DEC

1 2 3 4 5 6 7 8 9 10 11

12 13 14 15 16 17 18 19 20 21 22

23 24 25 26 27 28 29 30 31

sticker

추천한 내 감정의 motive

Record

sticker

1 2 3 4 5 6 7 8 9 10 11
12 13 14 15 16 17 18 19 20 21 22
23 24 25 26 27 28 29 30 31

JAN FEB MAR APR MAY JUN JUL AUG SEP OCT NOV DEC

이미시	어떻게	왜

소중한 내 감정의 motive

Record

JAN FEB MAR APR MAY JUN JUL AUG SEP OCT NOV DEC
○ ○ ○ ○ ○ ○ ○ ○ ○ ○ ○ ○

1 2 3 4 5 6 7 8 9 10 11
12 13 14 15 16 17 18 19 20 21 22
23 24 25 26 27 28 29 30 31

sticker

| JAN | FEB | MAR | APR | MAY | JUN | JUL | AUG | SEP | OCT | NOV | DEC |

1　2　3　4　5　6　7　8　9　10　11
12　13　14　15　16　17　18　19　20　21　22
23　24　25　26　27　28　29　30　31

sticker

—— Record ——

소중한 내 감정의 motive

| 어디서 | 어떻게 | 왜 |

아디시   아얼기   해

수용할 내 감정의 motive

Record —

sticker

23 24 25 26 27 28 29 30 31
12 13 14 15 16 17 18 19 20 21 22
1 2 3 4 5 6 7 8 9 10 11

JAN FEB MAR APR MAY JUN JUL AUG SEP OCT NOV DEC

초판 1쇄 인쇄 2019년 9월 5일
초판 1쇄 발행 2019년 9월 10일

지은이 Team - sebi
펴낸이 백도연
펴낸곳 도서출판 세움과비움

신고번호 제 2012-000230호
주 소 서울 마포구 양화로 16길
Tel 070- 8862-5683
Fax 02-6442-0423
e-mail seumbium@naver.com

ISBN 978-89-98090-28-9
값 8,500원

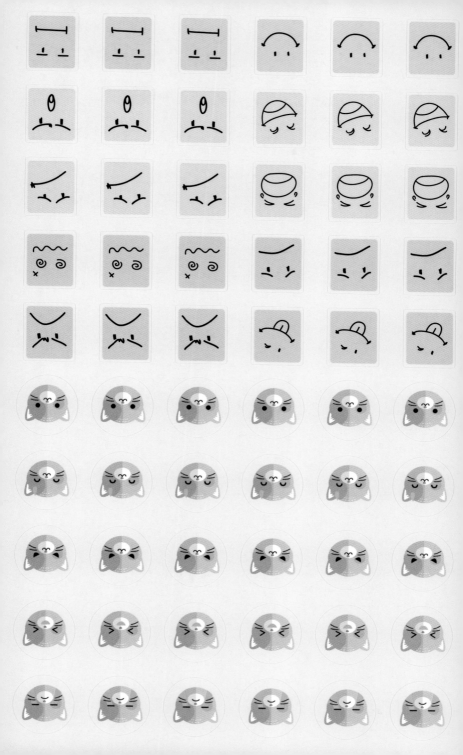